1901. Avril.24

VENTE du Mercredi
24 Avril 1901,
Hôtel Drouot (Salle 11),
à 3 heures 1/2.

# Aquarelles

## Études Peintes & Dessins

PAR

# E. MEISSONIER

COMMISSAIRE-PRISEUR

### Mᵉ Léon TUAL

EXPERTS

### MM. J. CHAINE & SIMONSON

PARIS 1901

I. Schiller, Imp., Paris.

# CATALOGUE

DES

## AQUARELLES

*Études Peintes & Dessins*

PAR

# E. MEISSONIER

Tableau par A. Van Der NEER

DONT LA VENTE AURA LIEU

## HOTEL DROUOT, SALLE N° 11

**Le Mercredi 24 Avril 1901, à 3 heures 1/2**

| COMMISSAIRE-PRISEUR | EXPERTS |
|---|---|
| **Mᶜ LÉON TUAL** | **MM. J. CHAINE & SIMONSON** |
| *56, Rue de la Victoire, 56* | *19, Rue Caumartin* |

**chez lesquels se délivre le Catalogue**

## EXPOSITION PARTICULIÈRE

Le Mardi 23 Avril 1901, Salle 11, de 1 heure à 5 heures 1/2

## EXPOSITION PUBLIQUE

Le Mercredi avant la Vente, de 1 h. à 3 h. 1/2

PARIS 1901

# CONDITIONS DE LA VENTE

Elle sera faite au comptant.

Les acquéreurs paieront dix pour cent en sus des prix d'adjudication.

# AQUARELLES

## 1. — Le Guide

« *Dans un défilé bordé de grands arbres*
*» dépouillés, un jeune alsacien, sa pipe à la bouche,*
*» conduit une colonne de Dragons. »*

(1874)                    H. 0$^m$94. — L. 0$^m$72

N° 423 du Catalogue de la vente de l'atelier E. Meissonier.


## 2. — Un Hussard

*Étude pour le tableau* « LES RENSEIGNEMENTS ».

H. 0$^m$31. — L. 0$^m$21

N° 482 du Catalogue de la vente de l'atelier E. Meissonier.

# ÉTUDES PEINTES

## 3. — Cavaliers passant un Gué

(1845)                    Bois H. 0ᵐ20. — L. 0ᵐ41

Nᵒ 4 du Catalogue de la vente de l'atelier E. Meissonier.


## 4. — Chanson de Geste

(1853)                    Bois H. 0ᵐ23. — L. 0ᵐ30

Nᵒ 25 du Catalogue de la vente de l'atelier E. Meissonier.


## 5. — Étude de Cheval

(1880)                    Bois H. 0ᵐ19 1/2. — L. 0ᵐ18 1/2

Nᵒ 166 du Catalogue de la vente de l'atelier E. Meissonier.


## 6. — Étude d'Officier supérieur

Bois H. 0ᵐ13. — L. 0ᵐ09 1 2

Nᵒ 226 du Catalogue de la vente de l'atelier E. Meissonier.

No 1

## 7. — Étude de Cheval

Bois H. 0<sup>m</sup>20. — L. 0<sup>m</sup>10 1/2

N° 238 du Catalogue de la vente de l'atelier E. Meissonier.

## 8. — Le Gros Dogue et le petit Chien

« CONTE RÉMOIS »

(1857)     Bois H. 0<sup>m</sup>17. — L. 0<sup>m</sup>13

N° 29 du Catalogue de la vente de la vente de l'atelier E. Meissonier.

## 9. — L'Aumône

(1868)     Bois H. 0<sup>m</sup>26. — L. 0<sup>m</sup>13

N° 90 du Catalogue de la vente de l'atelier E. Meissonier.

## 10. — Le Chant

(1859)     Bois H. 0<sup>m</sup>21. — L. 0<sup>m</sup>14

N° 35 du Catalogue de la vente de l'atelier E. Meissonier.

## 11. — **Cuirassier chargeant**

*Étude pour le 1807*

(1866)                                    Bois H. $0^m40$. — L. $0^m29$ 1/2

Nº 63 du Catalogue de la vente de l'atelier E. Meissonier.


## 12. — **Étude de Cuirassiers**

*Études pour le 1807*

(1865)                                    Bois H. $0^m14$. — L. $0^m24$

Nº 55 du Catalogue de la vente de l'atelier E. Meissonier.


## 13. — **Étude de Cuirassiers**

*Premières études pour le 1807*

(1863)                                    Bois H. $0^m14$. — L. $0^m11$ 1/2

Nº 232 du Catalogue de la vente de l'atelier E. Meissonier.


## 14. — **Étude de Cuirassier**

*Étude pour le 1807*

(1864)                                    Bois H. $0^m31$ 1/2. — L. $0^m24$

Nº 52 du Catalogue de la vente de l'atelier E. Meissonier.

N° 2

## 15. — Voyageur à Cheval

(1875)                                     Bois H. 0ᵐ32. — L. 0ᵐ18

N° 130 du Catalogue de la vente de l'atelier E. Meissonier.


## 16. — Étude de Guide

*Étude pour le 1807*

(1869)                                     Bois H. 0ᵐ21. — L. 0ᵐ12

N° 100 du Catalogue de la vente de l'atelier E. Meissonier.


## 17. — Étude de Cheval

(1869)                                     Bois H. 0ᵐ25. — L. 0ᵐ19

N° 310 du Catalogue de la vente de l'atelier E. Meissonier.


## 18. — Hussard Rouge

*Étude pour le 1807*

Bois H. 0ᵐ12 1/2. — L. 0ᵐ08 1/2

Provient de l'atelier E. Meissonier.

# DESSINS

## 19. — Officier du temps de Louis XV

*Dessin rehaussé de Sanguine et de blanc*

H. 0ᵐ43. — L. 0ᵐ28

Porte la dédicace : A mon ami PINGUILLY-LHARIDON
*Signé :* E. M. 1846

## 20. — La Chaîne

(1849)

H. 0ᵐ17. — L. 0ᵐ39

Nᵒ 398 du Catalogue de la vente de l'atelier E. Meissonier.

## 21. — Étude de Dragon

*Lavis et Gouache sur papier bleu*

(1879)

H. 0ᵐ19. — L. 0ᵐ11

Nᵒ 445 du Catalogue de la vente de l'atelier E. Meissonier.

## 22. — Au bivouac

*Mine de plomb et aquarelle*

(1859)

H. 0ᵐ12. — L. 0ᵐ25

Nᵒ 403 du Catalogue de la vente de l'atelier E. Meissonier.

Nᵒ 19

## 23. — Les Forçats

*Dessin à la plume*

(1847)                              H. $0^m$12 1/2. — L. $0^m$19 1/2

Nº 397 du Catalogue de la vente de l'atelier E. Meissonier.

# EAUX FORTES

## 24. — Annibal

*Épreuve signée du Monogramme*

## 25. — L'Homme à l'Epée

*Épreuve signée du Monogramme*

## 26, 27, 28. — 3 séries de 6 eaux-fortes inédites,

*Tirées à cent exemplaires. Les planches sont déposées à la Biblio-
thèque Nationale.*

# TABLEAU ANCIEN

## NEER (A. VAN DER)

(1616-1680)

### 29. — Paysage, effet de nuit

*Des pêcheurs dans une barque jettent leur
filet ; à l'horizon une ville.*

Signé du Monogramme A. V. D. N. enlacés

Toile H. 0m51. — L. 0m41

Vente Rhoné n° 41 du Catalogue.
Vente Pereire 1872 n° 138 du Catalogue.

Collection Meissonier.